Le choix du père Noël

Une histoire écrite par
Angèle Delaunois
et illustrée par
Claude Thivierge

À Lilou, Rémy, Adèle et Stella-Maris
Angèle

cheval
masqué

Catalogage avant publication de Bibliothèque et Archives nationales du Québec et Bibliothèque et Archives Canada

Delaunois, Angèle

Le choix du père Noël

(Cheval masqué. Au trot)
Pour enfants de 6 à 10 ans.

ISBN 978-2-89579-255-0

I. Thivierge, Claude. II. Titre. III. Collection: Cheval masqué. Au trot.

PS8557.E433C562 2009   jC843'.54   C2009-940989-5
PS9557.E433C562 2009

Nous reconnaissons l'aide financière du gouvernement du Canada par l'entremise du Programme d'aide au développement de l'industrie de l'édition (PADIÉ) pour nos activités d'édition.

 **Conseil des Arts   Canada Council
du Canada   for the Arts**

Bayard Canada Livres inc. remercie le Conseil des Arts du Canada du soutien accordé à son programme d'édition dans le cadre du Programme des subventions globales aux éditeurs.

Cet ouvrage a été publié avec le soutien de la SODEC.
Gouvernement du Québec – Programme de crédit d'impôt pour l'édition de livres – Gestion SODEC.

Dépôts légaux – 3ᵉ trimestre 2009
Bibliothèque et Archives nationales du Québec
Bibliothèque et Archives Canada

Direction : Andrée-Anne Gratton
Graphisme : Janou-Ève LeGuerrier
Révision : Sophie Sainte-Marie

© 2009 **Bayard Canada Livres inc.**
4475, rue Frontenac
Montréal (Québec) H2H 2S2 Canada
Téléphone : 514 844-2111 ou 1 866 844-2111
Télécopieur : 514 278-0072
Courriel : edition@bayardcanada.com
Site Internet : www.bayardlivres.ca

Imprimé au Canada

CATASTROPHE !

Au village du père Noël, c'est le calme plat. Juillet est arrivé. Il fait chaud : au moins cinq degrés au-dessus de zéro.

Tous les lutins sont en vacances. Certains sont partis explorer le continent antarctique. D'autres sont allés visiter leur famille en Laponie, en Scandinavie ou en Écosse.

Hubert, le lutin en chef, a décidé de se reposer à la maison. Son expédition du dernier Noël l'a beaucoup secoué. Un tour du monde en une seule nuit !* D'ailleurs, il compte bien raconter son expédition dans le gros cahier rouge et or que lui a offert le père Noël.

* Voir *Le cadeau oublié*, dans la même collection.

Pour sa part, le bon vieillard est parti chez Babouchka, son amie russe.

Tout paraît tranquille au village des lutins, mais, dans l'enclos des rennes, on s'inquiète. Le renne qui conduit le traîneau du père Noël vient de se casser une patte. Il a glissé sur un gros rocher. Karl, le lutin vétérinaire, l'a soigné. Il lui a fait un plâtre.

5

Même si sa patte guérit vite, le renne ne sera pas assez en forme pour conduire le traîneau, la veille de Noël.

Karl visite son vieux copain Hubert. Après tout, c'est lui, le lutin en chef. Et il a la responsabilité du village lorsque le père Noël n'est pas là.

— Penses-tu qu'il faut nommer un remplaçant ?

— Ce serait plus prudent !

Pauvre Hubert ! Pas moyen d'être tranquille, même en vacances !

Chapitre

2

FINETTE OU BJÖRG ?

De retour dans l'enclos des rennes, Karl passe en revue toutes les bêtes qui s'y trouvent. Il doit songer à un remplaçant.

Bien sûr, il y a Finette. Tout le monde l'admire, et ça lui monte un peu à la tête. Elle joue souvent les vedettes. Elle est solide et résistante, mais ses pattes sont un peu trop fines. Et puis c'est une fille ! Jamais le traîneau du père Noël n'a été mené par « une » renne !

Karl secoue la tête. Son candidat à lui, c'est Björg, un magnifique jeune mâle. Il est attelé au traîneau depuis trois ans. Il a fière allure avec son panache majestueux, son poitrail bombé, ses grandes pattes nerveuses et son pelage presque blanc. En plus, c'est un garçon ! Et c'est toujours « un » renne qui a conduit le traîneau.

« C'est Björg que je vais recommander au père Noël », se dit Karl.

De son côté, Hubert réfléchit. Pour lui, il n'y a qu'une seule bête digne de prendre la relève : Finette ! Elle l'a bien mérité. Elle est courageuse, capable de traverser les pires conditions météo. Et puis une femelle renne peut faire le travail aussi bien qu'un mâle. Elle le prouvera.

« C'est Finette que je vais recommander au père Noël », se dit Hubert.

3

LE CHOIX DU PÈRE NOËL

Au début de novembre, le père Noël revient de son voyage en Russie. Il est en pleine forme. Il a un peu grossi, mais cela lui va très bien. Dès qu'il est mis au courant du problème, il se précipite dans l'enclos des rennes.

Il caresse son vieux complice en lui chuchotant à l'oreille :

— Mon pauvre ami, il va falloir qu'on te trouve un remplaçant. Tu boites dès que tu poses la patte par terre. Tu ne seras jamais guéri à temps pour faire la grande tournée.

Karl et Hubert sont convoqués chez le père Noël avec leurs candidats. Le bon vieillard écoute attentivement ses fidèles lutins.

— C'est Björg, le plus rapide, dit Karl. Il est super concentré et il s'envole en moins de trois secondes. Et il est capable de repérer l'étoile Polaire en un clin d'œil.

Hubert proteste :

— C'est Finette, la plus résistante. Elle est débrouillarde. Elle l'a prouvé.

Le père Noël soumet les bêtes à des épreuves. Elles sont aussi bonnes l'une que l'autre, mais Finette est fofolle. Elle s'ébroue et fait les yeux doux à Björg. De plus, Hubert a suspendu des grelots à sa bride et à son cou. Ces coquetteries agacent un peu le père Noël. Le bon vieillard prend sa décision.

— Ce sera Björg, car il est le plus sérieux des deux !

Finette n'en revient pas. Elle était sûre d'être choisie. Furieuse, elle couche ses oreilles. Elle brame de protestation. Elle gratte le sol en signe de mécontentement. Puis elle part au triple galop se réfugier dans son enclos.

Hubert s'empresse d'aller retrouver Finette. Il la serre dans ses bras pour la consoler. Rien à faire! Finette n'arrête pas de pleurer. La vie est trop injuste pour elle! Le lutin est bien déçu, lui aussi. Il décide d'aller parler au père Noël. Celui-ci peut se tromper de temps en temps.

— Ne perds pas espoir, ma Finette! dit Hubert.

4

FINETTE A DISPARU !

Hubert est gonflé à bloc* lorsqu'il frappe à la porte du père Noël. Il l'aime beaucoup, sa Finette, c'est sa préférée. Devant le bon vieillard, il déballe tout ce qu'il a sur le cœur. Il termine son discours par un argument indiscutable.

* Il est très sûr de lui.

— Et puis, père Noël, on va dire que vous êtes sexiste… que vous ne donnez pas de chance à Finette parce qu'elle est une fille. Y avez-vous réfléchi ?

— Mais non, ça n'a rien à voir ! Tu crois vraiment qu'on peut penser ça, Hubert ?

Sans revenir tout à fait sur sa décision, le père Noël propose un compromis :

— J'ai trouvé, Hubert ! Björg conduira le traîneau durant la première moitié de la nuit de Noël. À la pause de l'Australie, Finette prendra le relais pour le restant de la tournée. Ainsi, personne ne pourra m'accuser d'écarter les filles.

Hubert est emballé. Ce père Noël, tout de même, quel diplomate! Cette solution contente tout le monde. Fou de joie, il se précipite dans l'enclos des rennes pour annoncer la bonne nouvelle à sa petite préférée.

— Finette ?

Pas de Finette ! Hubert la cherche partout : dans le garage du traîneau, dans le fenil*, dans le hangar aux colis… partout, partout ! Finette n'est nulle part ! Finette a disparu !

Hubert devient furieux !

— Où es-tu passée, espèce de fofolle ?

Si le père Noël apprend qu'elle s'est enfuie, son espoir de conduire le traîneau sera gâché. Maintenant, Hubert doit la retrouver au plus vite !

* Grange où l'on conserve le foin.

Chapitre 5

OÙ EST FINETTE ?

Hubert est de très mauvaise humeur. Voilà déjà un bon moment qu'il cherche Finette. Il a attelé son traîneau à chiens et il parcourt la toundra dans tous les sens à la recherche de la fugueuse.

Première halte : la manufacture de jouets du père Noël. Finette aime bien rôder près de l'endroit où l'on fabrique les petits jouets en peluche. Elle n'y est pas.

Deuxième étape : le magasin général. Dehors, il y a toujours des paniers avec des friandises pour les rennes, comme des champignons ou des poignées de canneberges. Finette étant une vraie gourmande, Hubert a pensé qu'elle pouvait oublier son chagrin ainsi. Pas de Finette à l'horizon !

Troisième arrêt : le bureau de poste où les lettres commencent à arriver. Il y a pas mal d'activité à partir de

novembre. Finette vient de temps en temps se mettre dans l'ambiance de Noël et renifler les gros sacs de courrier. Personne ne l'a vue!

Hubert dépasse ensuite la mine d'or du père Noël. Beaucoup de trous sont creusés dans le sol. Finette aurait pu s'y cacher pour cuver* sa peine en paix. *Niet, nada***, rien!

— Où es-tu, vilaine bête? crie Hubert à tue-tête.

Le vent lui renvoie l'écho de ses appels. Et il commence à neiger. Décidément, Finette est allée bien loin pour embêter tout le monde.

* Se calmer.
** « Rien » en russe et en espagnol.

Soudain, le lutin en chef a une intuition. Il devine que Finette est descendue vers le sud, jusqu'à la limite des arbres. Hubert s'emmitoufle dans sa doudoune car la neige tombe à gros flocons. Il fouette ses chiens… Le voilà qui s'élance à une vitesse folle sur la grande plaine.

Chapitre
6
LA PRAIRIE

Après quelques heures, Hubert s'arrête pour faire souffler ses chiens. Soudain, il remarque des traces fraîches dans la neige. C'est la marque des sabots de Finette. Il les reconnaîtrait entre mille. Comme un détective, le courageux lutin continue à pied, les yeux fixés au sol.

Hubert s'approche avec précaution, jusqu'à une grande prairie. Il respire doucement. Il veut surprendre la fugueuse. Il va lui montrer de quel bois il se chauffe ! Il est très fâché contre elle.

Victoire ! Finette est bien là. Sa silhouette fine se découpe sur le ciel rose... mais elle n'est pas seule. Tout près d'elle, Björg lui raconte des petits secrets dans la langue des rennes. Et juste à voir comment Finette l'écoute, ces choses-là doivent être bien agréables à entendre. Les oreilles bien droites, les yeux brillants, les deux champions du père Noël gambadent dans la prairie. On dirait bien qu'ils sont amoureux!

Hubert sourit. Maintenant qu'il a retrouvé Finette, il est tellement soulagé que sa colère fond comme neige au soleil.

De loin, sans les déranger, il observe les magnifiques bêtes galoper côte à côte. C'est un spectacle si beau que ses yeux se mouillent d'émotion.

Sans se faire voir, Hubert revient vers son traîneau à chiens. Après tout, les amoureux ont bien le droit de vivre leur romance à l'abri des regards indiscrets. Seuls au monde.

— Sois heureuse, ma belle Finette! murmure Hubert.

7

UN NOUVEAU DÉPART

Sans se presser, Hubert retourne vers le village. Les étoiles éclairent son chemin. Il a le cœur en fête. Finette et Björg amoureux ! Qui aurait pu croire ça ?

Soudain, un point de lumière grandit à toute vitesse devant lui. C'est une motoneige !

Hubert reconnaît Karl qui conduit son engin comme un fou. Celui-ci s'arrête juste devant lui.

— Qu'est-ce qui t'arrive, Karl ? demande Hubert.

— Une catastrophe ! Björg a disparu. Je l'ai cherché toute la journée. Si le père Noël apprend ça, c'est fichu. Björg ne pourra jamais être en tête du traîneau.

Hubert éclate de rire sous l'œil ahuri de son copain.

— Sais-tu garder un secret, Karl ?

— Bien sûr ! Qu'est-ce que tu crois ?

— Eh bien, Finette et Björg sont ensemble, dans la prairie. Ils galopent sous le clair de lune. Et ils semblent bien heureux. Je pense qu'on devrait les laisser tranquilles un moment.

— C'est donc ça ! J'avais bien remarqué qu'il se passait quelque chose entre ces deux-là.

Et les lutins complices promettent de garder le secret.

Au bout de plusieurs jours, les fugueurs reviennent au village, sans se presser. Hubert et Karl accueillent le couple de rennes avec des sourires de connivence* et des étoiles dans les yeux. C'est certain, on ne dira rien au père Noël. Mais est-il possible de cacher un semblable secret au bon vieillard ?

* De complicité.

Novembre passe et décembre arrive. La folie recommence au village du pôle Nord. Les cadeaux vont-ils être tous prêts à temps ? Quelqu'un va-t-il être oublié ? L'itinéraire du père Noël est-il correctement planifié ?

Hubert s'arrache les cheveux! Il est tellement stressé qu'il perd plusieurs

fois ses listes d'adresses. C'est si compliqué de coordonner la tournée de Noël! Il a entendu parler d'une machine qui serait bien plus efficace que tous ces papiers. C'est décidé! Il va conseiller au père Noël d'acheter un ordinateur l'année prochaine.

Le soir tant attendu arrive. Tout est prêt. Les rennes ont reçu une double ration de lichens. Leurs sabots sont astiqués. Les grelots dorés tintent à leur bride. Une par une, les belles bêtes s'installent devant le traîneau. Mais lorsque Björg et Finette s'apprêtent à prendre leur place, ils découvrent une superbe surprise.

Le père Noël a modifié l'ordre
de son attelage. Au lieu d'être l'un
derrière l'autre, les deux

amoureux sont placés L'UN À CÔTÉ DE L'AUTRE. Du jamais vu! La soirée s'annonce fantastique.

À minuit pile, le traîneau s'envole. Très ému, Hubert regarde l'attelage contre le cercle de la lune. Finette et Björg galopent ensemble. Ils sont magnifiques.

— Le père Noël est vraiment formidable, murmure Hubert en s'essuyant les yeux.

FIN

Voici les livres AU TROT de la collection:

☐ **Aïe ! Une abeille !**
d'Alain M. Bergeron et Paul Roux

☐ **Gros ogres et petits poux**
de Nadine Poirier et Philippe Germain

☐ **La plus belle robe du royaume**
d'Andrée Poulin et Gabrielle Grimard

☐ **Le cadeau oublié**
☑ **Le choix du père Noël**
d'Angèle Delaunois et Claude Thivierge

☐ **Lustucru au pays des vampires**
☐ **Lustucru et le grand loup bleu**
de Ben et Sampar

☐ **Mimi Poutine et le dragon des mers**
☐ **Mimi Poutine et les crayons disparus**
de Geneviève Lemieux et Jean Morin

☐ **Parti vert chez les grenouilles**
de Marie-Nicole Marchand et Josée Masse

☐ **Po-Paul et la pizza toute garnie**
☐ **Po-Paul et le nid-de-poule**
de Carole Jean Tremblay et Frédéric Normandin

Lesquels as-tu lus ? ☑